Michael Löblein

Wald der Verdammnis

Im Gedenken an meinen Kater Merlin.

Bibliografische Information der Deutschen
Nationalbibliothek:
Die Deutsche Nationalbibliothek
verzeichnet diese Publikation in der
Deutschen
Nationalbibliografie; detaillierte
bibliografische Daten sind im Internet über
http://dnb.dnb.de abrufbar.
    Auflage, 2024 Lauffen am Neckar

Michael Löblein

Wald der Verdammnis

Korrektorat: Books on Demand

Coverdesign: Esra Aridag

Beil Adobe Stock

Blut Adobe Stock

URL: www.jason-fool.de

Michael Löblein

Gradmannstr. 25

74348 Lauffen a.N.

Verlag: BoD · Books on Demand GmbH, In de Tarpen 42,
22848 Norderstedt
Druck: Libri Plureos GmbH, Friedensallee 273, 22763 Hamburg
ISBN: **978-3-7693-1444-1**

Wald der Verdammnis

Horror-Roman

Michael Löblein

Kapitel 1

Die Sommerferien hatten gerade begonnen, die sechs
Freunde hatten eine einsame Hütte mitten im Wald
irgendwo in der Mitte von Deutschland gemietet und
freuten sich auf Party und eine gute Zeit, bevor ihr
letztes Schuljahr anbrach und sie sich um Studienplätze

oder eine Ausbildung kümmern mussten. Sie waren mit zwei Autos gefahren, da sie eine Person zu viel waren, um in einen Wagen zu passen, und so hatten sie auch noch genügend Stauraum gehabt, um ihre Lebensmittel, Taschen und vor allem ihren Alkohol und das Gras mitzunehmen.

„Hey, Kurt, hol erstmal den Alk aus der Karre, die Klamotten verstauen wir später in der Hütte", sagte David. „Lass uns erst einen durchziehen", sagte Kurt und holte das Gras aus dem Auto. „Nee, erst die Arbeit, dann das ..." „Vergnügen!", riefen die anderen im Chor. „Ach, ihr seid doch echt sowas von doof", sagte David, grinste aber breit.

Schnell packten alle mit an und brachten ihr Gepäck, die Lebensmittel und den Rest in die Hütte. Sie hatte drei Zimmer, in eines würden Eva und Kerstin einziehen, in ein anderes David und Kurt, und im dritten würde es sich das Paar der Gruppe Fiona und Thomas bequem machen.

Nach einer Stunde hatten sie alles verstaut. Die Jungs hatten einen Grill aufgebaut, der sich in der Hütte befunden hatte, und brieten Stockbrot und Steaks. Die Mädels hatten die Zimmer gelüftet und die Betten bezogen.

„Hm, das duftet ja himmlisch", sagte Fiona, als sie vor die Hütte trat. „Dauert aber noch etwas", sagte David.

„Darf ich mal probieren?", fragte Fiona. „Finger weg!", sagte Thomas und schlug ihr mit der Fleischzange auf die Finger. „Au, das tat weh!", beschwerte sich Fiona. „Warte, ich mache es wieder gut", sagte Thomas und küsste ihre Finger. „Könnt ihr das nicht machen, wenn ihr allein seid? Da vergeht einem ja der Hunger!", sagte Kurt. „Du bist doch nur eifersüchtig", sagte Fiona und streckte ihm die Zunge raus. Thomas packte Fiona am Hintern und zog sie an sich heran, dann küsste er sie, mit Zunge. „Geht in euer Zimmer!", rief Kerstin. „Danke", sagte Kurt und klatschte mit Kerstin ab. Dann kam auch Eva aus der Hütte. „Oh, wie das duftet", sagte sie. „Gleich fertig, holt schon mal die Teller", sagte David. Also gingen alle bis auf David hinein und brachten Teller mit. Nachdem das Essen verteilt worden war, herrschte gefräßige Stille.

Als alle gesättigt waren, wuschen sie gemeinsam ab. Kurt holte seine Gitarre aus dem Auto und sie sangen bis tief in die Nacht.

Gegen drei Uhr begann Fiona zu gähnen. Sie band ihre Haare zu einem Zopf, der ihr bis zu den Hüften reichte, ihr dickliches Gesicht war gerötet vom Feuer. „Leute, ich muss ins Bett", verkündete sie. „Weichei", sagte Kurt und spielte weiter auf seiner Gitarre. „Nein, Fiona hat recht, ich bin auch fertig'", sagte Kerstin. Sie fuhr sich mit der Hand durch ihr schulterlanges rotes Haar und blinzelte in die Flammen. „Was ist mit dir, Eva?", fragte

Thomas. Fiona blinzelte und fuhr ihren Freund an: „Was interessiert dich das, du kommst jetzt sofort mit mir ins Bett!" „Ich gehe auch schlafen", sagte Eva und stand auf. „So, dann sind es nur noch wir zwei Männer, David", sagte Kurt. „Sei mir nicht böse, Kurt, aber ich denke, ich hau mich auch aufs Ohr", sagte David. „Ihr Langweiler", rief Kurt. Nach und nach verschwanden alle in der Hütte, nur Kurt saß weiter am Lagerfeuer. Er hatte die Gitarre beiseitegelegt und starrte in die immer kleiner werdenden Flammen.

Plötzlich schrak er hoch, das Feuer war aus und er fröstelte. Er war eingenickt und fühlte, wie die Kälte seine Beine emporkroch. Er stand auf, schnappte sich die Gitarre und ging in die Hütte. Im Aufenthaltsbereich legte er das Instrument auf einen Tisch, ging in das Bad und putzte sich die Zähne, dann ging er in sein Zimmer, so leise er konnte, und legte sich in das Bett, sein Kopf hatte kaum das Kissen berührt, als er auch schon eingeschlafen war.

Etwas schüttelte ihn. „Hmpf", sagte er. „Aufwachen, die anderen sind schon auf den Beinen", sagte David. Kurt strich sich die schulterlangen schwarzen Haare aus dem Gesicht und blinzelte. „Wie spät ist es?", fragte Kurt. „Halb acht", sagte David. „Mann, lass mich pennen, ich habe vielleicht zwei Stunden geschlafen", beschwerte sich Kurt. „O. k., du willst es nicht anders. Mädels!", rief David. Fiona, Eva und Kerstin kamen ins Zimmer. Fiona hielt einen Eimer in den Händen. „Eins, zwei und drei!",

riefen die drei Mädchen und Fiona schüttete Kurt den Eimer über den Kopf, er enthielt eiskaltes Wasser. Kurt sprang vom Bett und prustete. „Scheiße, was sollte denn das?", fragte er wütend. „Du musst Holz für heute Abend sammeln", sagte Fiona. „Sucht euer scheiß Holz selber", sagte Kurt. „Na, na, wer wird denn hier fluchen?", fragte Fiona. „Hier hast du ein Handtuch", sagte Kerstin und hielt ihm ein blaues Frotteehandtuch vors Gesicht. „Danke", sagte Kurt und trocknete sich ab. Sein Haar war noch feucht, aber sonst war er wieder trocken. Nachdem alle das Zimmer verlassen hatten, zog er sich an und betrat den Vorraum der Hütte, der Frühstückstisch war bis auf einen Teller und eine Tasse bereits wieder abgeräumt. Kurt holte sich Kaffee aus der Küche, schmierte sich ein Brötchen mit Butter und Kirschmarmelade, dann aß er, spülte sein Geschirr, stellte die Butter und Marmelade in den Kühlschrank und trat vor die Hütte. Es war niemand mehr zu sehen. Missmutig nahm sich Kurt einen Weidenkorb, der an der Hütte außen lehnte, und machte sich auf die Suche nach Holz. Nachdem er eine Stunde gesammelt hatte, war sein Korb voll, aber er hatte ein Problem. Er hatte sich so sehr auf den Boden konzentriert, dass er gar nicht mitbekommen hatte, wohin er gelaufen war. Er stand mitten im dichten Wald. „Fuck!", schrie er. Da er sich nicht anders zu helfen wusste, lief er in die Richtung, aus der er gerade gekommen war. Leider kam ihm die Umgebung überhaupt nicht bekannt vor. Ein Anflug von Panik überkam ihn. Da fiel ihm etwas auf. Der Wald war totenstill, kein Vogel zwitscherte. Ihm stieg der Geruch

von verwesendem Fleisch in die Nase. Er nahm seine Beine in die Hand und rannte aufs Geratewohl drauflos. Äste schlugen ihm in sein Gesicht, er stolperte über Baumwurzeln und mit einem Mal lag er flach auf dem Boden. Er war über einen Baumstumpf gestolpert. Das Holz flog über ihn hinweg und landete auf dem Waldboden. Langsam richtete er sich wieder auf, und da er nicht wusste, wohin er gehen sollte, sammelte er das Holz wieder ein. Er war gerade damit fertig, als sich eine Hand auf seine Schulter legte. Er schrie auf. „Entschuldige, ich wollte dich nicht erschrecken. Wir haben uns langsam Sorgen um dich gemacht", sagte Kerstin und strich sich eine Strähne roten Haars aus den Augen. „Oh, Gott sei Dank!", sagte Kurt und gab Kerstin einen Kuss auf den Mund. „Freut mich auch, dich zu sehen", sagte Kerstin, nachdem er sich von ihren Lippen gelöst hatte. „Ich dachte schon, ich komme nie wieder aus diesem verdammten Wald raus", sagte Kurt. „Wir sind doch nur etwa zehn Minuten von der Hütte entfernt", sagte Kerstin. „Was?", fragte Kurt entgeistert. „Komm, ich führe dich hin", sagte Kerstin und nahm seine rechte Hand in die ihre. Sie hatte recht gehabt, kaum zehn Minuten später standen sie wieder vor der Hütte. „Du hast mir das Leben gerettet!", sagte Kurt. „Übertreib mal nicht, so lang warst du auch wieder nicht weg", sagte Kerstin und schob sich eine Strähne ihres roten Haars hinter das linke Ohr. „Du weißt ja gar nicht, was ich durchgemacht habe! Es war plötzlich totenstill und so ein Verwesungsgeruch lag in der Luft", sagte Kurt. „Sicher, dass du nicht geträumt hast?", fragte

Kerstin. „Hier!", rief Kurt und krempelte sein rechtes Hosenbein hoch. Sein Schienbein war von blauen Flecken übersät. „Komm, da tun wir gleich Eis drauf", sagte Kerstin, nahm ihm den Korb ab und führte ihn in die Küche. Dann nahm sie einen Waschlappen aus dem Bad und füllte Eiswürfel hinein. „So, leg das auf dein Bein. Am besten gehst du ins Bett", sagte Kerstin. „O. k., danke", sagte Kurt und ging in sein Zimmer, dort legte er sich auf das Bett und kühlte sein Bein. Nach und nach dämmerte er weg. Er war wieder in dem Wald, es war totenstill, etwas jagte ihn. Diesmal tauchte Kerstin nicht zu seiner Rettung auf. Als das Ding ihn gerade anspringen wollte, fuhr er hoch. Er hatte nicht gesehen, was ihn verfolgt hatte, aber hatte den Atem des Wesens im Nacken ganz deutlich gespürt. Und er hatte seine Masse gespürt, das Ding war riesig gewesen. Es hatte fast sämtlichen zur Verfügung stehenden Sauerstoff verbraucht. Mit zittrigen Knien stand Kurt auf. Er schlich aus dem Zimmer, in die Küche, um ein Glas Wasser zu trinken, er war noch keine zehn Schritte weit gekommen, da prallte er auf etwas Weiches. „Ah!", schrie Kerstin. Und auch Kurt schrie. Das Licht ging an und alle kamen aus ihren Zimmern gestürmt. „Was zur Hölle ist hier los?", fragte Fiona. „Nichts, ich hatte nur einen Albtraum", sagte Kerstin. „Und ich hatte nur Durst", sagte Kurt. „Kinder", sagte Fiona und ging wieder in ihr Zimmer, auch die anderen legten sich wieder hin. Nur Kerstin und Kurt tapsten in die Küche und tranken etwas. „Alles in Ordnung mit dir?", fragte Kerstin. „Nein, um ehrlich zu sein, ich hatte auch einen Albtraum",

sagte Kurt und fasste ihn kurz zusammen. „Ist ja krass, das Gleiche habe ich auch geträumt", sagte Kerstin. „Was, glaubst du, hat das zu bedeuten?", fragte Kurt. „Keine Ahnung, vielleicht, dass wir besser nicht mehr in den Wald gehen sollten", sagte Kerstin. „Da bin ich dabei", sagte Kurt. „Los, lass uns wieder in die Betten kriechen", sagte Kerstin. Sie liefen nebeneinander her, und als sie sich gerade verabschieden wollten, hörten sie Fiona reden.

„Jetzt steck ihn schon rein!", rief Fiona.

„Aber er passt nicht", erwiderte Thomas.

„So ein Blödsinn, das ist genormt", sagte Fiona.

Kurt öffnete die Tür zum Zimmer des Pärchens. „Alles o. k. bei euch?", fragten er und Kerstin.

„Vielleicht schafft es ja einer von euch, mein Ladekabel an die Steckdose anzuschließen", sagte Fiona und hielt ihnen ihr Handy samt Kabel entgegen. „Klar, gib her", sagte Kerstin. Sie nahm beides an sich, bückte sich zu der Steckdose hinunter und steckte das Kabel ein. „Voila, erledigt. Und was war daran jetzt so schwer?", fragte sie. „Das gibt es doch nicht", keifte Fiona. Sie riss den Stecker aus der Dose und steckte ihn selber wieder ein. Es funktionierte ohne Probleme. „Das kann doch nicht sein, seit einer halben Stunde versuchen wir beiden das Handy an der Dose anzuschließen und es hat nie gepasst, und jetzt geht es einfach so, als wäre das gar nicht passiert!", schrie Fiona. Sie war bei jedem Wort lauter geworden. David riss die Tür auf. „Hey, andere Leute wollen vielleicht schlafen, müsst ihr so

rumbrüllen?", fragte David. „Du hast mir gar nichts zu sagen, ich brülle, soviel ich will!", schrie Fiona und wurde bei jedem Wort lauter und ihre Stimme wurde immer schriller. Kurt und Kerstin hielten sich die Ohren zu. „Ach, lasst mich doch alle in Ruhe", sagte Fiona und zeigte auf die Tür. „Kommt, lasst uns gehen", sagte Kurt. Die drei verließen das Zimmer und gingen zu Bett.

Der Rest der Nacht verlief ohne weitere Zwischenfälle.

Am nächsten Tag frühstückten alle im Halbschlaf.

„So, wie wäre es, wenn Kurt wieder Holz sammelt, die Mädels die Zimmer richten und Thomas und ich den Grill herrichten?", fragte David. „Ich geh nicht mehr in den Wald", sagte Kurt. „Warum das denn nicht?", fragte David. „Darüber möchte ich nicht sprechen", sagte Kurt. „Ja, ich finde, Kurt und ich sollten heute den Grill herrichten", sagte Kerstin. „Na schön, dann suchen eben Thomas und ich Holz", sagte David und fügte hinzu: „Pussys!" Da flogen schon die Fäuste. Kurt traf David auf dem rechten Auge und dieser ging zu Boden. „Fuck!", schrie David, rappelte sich auf und ging jetzt auf Kurt los. „Jungs, stopp!", rief Kerstin und warf sich zwischen die beiden, da bekam sie einen Ellbogen von David auf die Nase. Blut schoss hervor und sie schrie. Augenblicklich ließen die beiden Jungs voneinander ab. Kurt rannte ins Haus und kam Sekunden später mit einem feuchten Waschlappen zurück, den er Kerstin reichte. „Danke",

sagte sie unter Schluchzen. „Das, das wollten wir nicht", sagte Kurt. „Nein, echt nicht", stimmte David zu. „Und das macht es jetzt besser, oder was?", fragte Fiona und legte Kerstin eine Hand auf den Rücken. „So schlimm ist es nicht", stieß Kerstin hervor. „So fängt es immer an, du willst doch wohl die beiden Frauenschläger nicht auch noch verteidigen?", fragte Fiona. „Also hör mal …", sagte Kurt. „Das war ein Versehen", beendete David den Satz. „Schön, dass ihr euch einig seid. Frauenschläger", sagte Fiona. „Das war ein Unfall", mischte sich Kerstin ein. „Es hört auch schon auf zu bluten", sagte sie. „Tut mir leid", sagte Kurt. „Ja, mir auch", schloss sich David an. „Ich sammle Holz", sagte Kurt. „Dann komme ich mit", sagte Kerstin. „In deinem Zustand?", fragte Fiona entsetzt. „Es geht gleich wieder. Ich wasche mir nur kurz im Bad das Gesicht", sagte Kerstin. Dann ging sie nach drinnen. Kurz vor dem Bad traf sie auf Eva. „Oh mein Gott, was ist dir denn passiert?", fragte Eva. „Bin in eine Rauferei zwischen Kurt und David geraten, halb so wild", sagte Kerstin und verschwand schnell im Badezimmer. Sie wusch den Waschlappen aus und säuberte ihr Gesicht, dann atmete sie ein paarmal tief durch und ging wieder vor die Hütte. Ihre Nase war geschwollen und ihre Mascara war verwischt, aber sie hatte jetzt keinen Nerv, sich neu zu schminken. „Komm, Kurt, wir gehen", sagte Kerstin und schnappte sich den Korb für das Holz. Kurt folgte ihr, nach wenigen Schritten nahm er ihr den Korb ab. Sie liefen schweigend in den Wald. Kurt prägte sich

jeden Baum und jeden Grashalm genau ein, schließlich wollte er sich nicht erneut verlaufen. „Du, Kerstin, es tut mir so unendlich leid. Ich wollte nicht, dass du in die Prügelei verwickelt wirst", sagte Kurt. „Ach, vergiss es. Ich habe es ja überlebt", sagte Kerstin und lächelte, dabei verzog sie vor Schmerz in der Nase das Gesicht.

Sie gingen eine Weile schweigend nebeneinander her und sammelten Holz ein. „Brauchen wir noch viel Holz? Es wird langsam dunkel", fragte Kerstin. „Ich denke, das reicht für heute", sagte Kurt. Sie drehten um, diesmal wusste Kurt genau, wo sie hinmussten. Sie waren etwa fünf Minuten gegangen, als die Vögel verstummten. „Shit! Das ist nicht gut", sagte Kurt. „Lass uns ein wenig Tempo machen", schlug Kerstin vor. Sie beschleunigten ihre Schritte, bis sie beinahe joggten. „Pst!", flüsterte Kerstin. „Was?", fragte Kurt leise. „Ich habe Schritte hinter uns gehört", sagte Kerstin atemlos. „Komm, es kann nicht mehr allzu weit sein", sagte Kurt und nahm Kerstin bei der Hand. Sie rannten, als ginge es um ihr Leben. Völlig außer Atem kamen sie vor der Hütte an. „Sieh an, das neue Liebespaar", sagte David. „Halt die Klappe", fuhr Kerstin ihn an. „Oh, so empfindlich?", fragte David. „Da war was im Wald", sagte Kurt. „Eine Feldmaus vielleicht?", fragte David. „Idiot!", schrie Kerstin. „Das war echt groß und schnell", sagte sie. „Ah, ihr habt gefickt, das Große war der Schwanz von Kurt und es war schnell vorbei, oder?", fragte Fiona. „Bitch!", fluchte Kerstin. „Das ist sie doch nicht wert", sagte Kurt

und nahm Kerstin bei der Hand. „Stimmt! Da hast du absolut recht", sagte Kerstin. „Feigling", sagte Fiona. Schnell führte Kurt Kerstin ins Haus. Er brachte sie auf sein Zimmer. Dort setzen sie sich nebeneinander auf sein Bett. „Wir spinnen doch nicht, oder?", fragte Kerstin unsicher. „Nein, da war was und es war gefährlich", sagte Kurt. „Ich bleibe heute in der Hütte", sagte Kerstin. „Ich leiste dir gern Gesellschaft", sagte Kurt. „Das musst du nicht", sagte Kerstin. „Ich bin tausendmal lieber mit dir hier als da draußen", sagte Kurt. „Geht mir auch so", sagte Kerstin und schmiegte sich an Kurts Schulter. „Ah, hier seid ihr. Essen ist fertig", sagte Thomas, nachdem er das Zimmer betreten hatte. „Hab keinen Hunger", sagte Kerstin. „Ich verzichte auch", sagte Kurt. „Mein Gott, habt ihr miese Laune", sagte Thomas und ging wieder. „Meinst du, ich kann heute bei dir schlafen?", fragte Kerstin. „Da müsste ich erst David fragen", sagte Kurt. „Und ich frage Eva", sagte Kerstin. Beide verließen das Zimmer, nach einer halben Stunde trafen sie kurz nacheinander wieder ein. „Alles paletti", sagte Kerstin. „Bei mir auch", sagte Kurt und grinste. „Ich glaube, Eva hat ein Auge auf David geworfen", sagte Kerstin und lächelte. „Was ich dir schon immer sagen wollte", fing Kurt an. „Ja?", fragte Kerstin. „Ach, vergiss es", wiegelte Kurt ab. „Nein, nein, jetzt rede schon", sagte Kerstin. „O. k., ich wollte nur sagen, dass du echt schöne Haare hast, also die Farbe steht dir und so", stammelte Kurt. „Oh, danke, alles naturrot", sagte Kerstin. „Manchmal

wünsche ich mir schwarze Haare, wie du sie hast, dann würde ich nicht sofort hervorstechen", sagte Kerstin. „Du meinst, meine Mähne ist nichts Besonderes? Da bin ich aber enttäuscht." „Tut mir leid, so war das nicht gemeint, natürlich fällst du mit deinen langen Haaren auf, aber bei mir ist das, als ob ich eine Signalleuchte über dem Kopf tragen würde", sagte Kerstin. „Schon o. k., wollte dich nur aufziehen", sagte Kurt. „Du A…", setzte Kerstin an, da senkte Kurt seine Lippen auf ihre und gab ihr einen Kuss. „Oh, tut mir leid, vielleicht ist der Zimmertausch doch keine so gute Idee", sagte Kurt. Kerstin sah ihn aus ihren grünen Augen an und küsste ihn ebenfalls. Bald schon befanden sich die beiden in einer wilden Knutscherei. „Kommt ihr heute nochmal …", sagte Thomas. „Na, was sehe ich denn da? Kurt und Kerstin, das neue Liebespaar", sagte Thomas und grinste gemein. „Halt die Klappe", sagten beide gleichzeitig und dann prusteten sie los und lachten sicher fünfzehn Minuten, bis sie Bauchschmerzen bekamen. Als sie wieder zur Tür sahen, war Thomas verschwunden. „Ich wette, er erzählt allen brühwarm davon", sagte Kurt. „Stört dich das etwa?", fragte Kerstin vorsichtig. „Kein bisschen", sagte Kurt, und Kerstin atmete erleichtert aus, sie hatte gar nicht gemerkt, dass sie die Luft angehalten hatte. „Soll er es doch erzählen, es gibt nichts, wofür wir uns schämen müssten, und ich finde dich total toll", sagte Kerstin. „Ich finde dich auch ganz o. k.", sagte Kurt. „Autsch! Nur o. k.?", fragte

Kerstin. „Ich meine, ich bin Hals über Kopf in dich
verliebt", gab Kurt zu. „Das geht mir mit dir auch so. Ein
schönes Gefühl", sagte Kerstin und umarmte Kurt. „Hast
du Hunger?", fragte Kurt nach einer Weile. „Nein und
du?" „Auch nicht", antwortete Kurt. Sie lagen sich noch
zwei Stunden in den Armen, dann machten sie sich
bettfertig und schliefen in getrennten Betten.

Kapitel 2

Nach dem Essen saßen die anderen noch um das Lagerfeuer. Fiona wurde langweilig, sie wollte aber noch nicht ins Bett und so machte sie einen Nachtspaziergang durch den Wald. Sie achtete nicht darauf, wohin sie ging, und als sie sich ihrer Umgebung wieder bewusst wurde, stand sie mitten im dunklen Wald. Ein Käuzchen krächzte und sie fuhr erschrocken zusammen. „Reiß dich zusammen, Fiona, das war nur ein blöder Vogel, der hat mehr Angst vor dir als du vor ihm", flüsterte sie sich zu. Da, plötzlich das Knacken eines Astes hinter ihr. Sie spürte eine Präsenz und rannte einfach los. Egal, wohin,

nur weg, raus aus diesem Wald. „Wie konnte ich nur so dämlich sein und hier mitten in der Nacht allein rumgeistern?", schalt sie sich. Da wieder ein Knacken. Diesmal schien es vor ihr gewesen zu sein. Fiona drehte sich einmal im Kreis. Es war nichts zu sehen. Der Mond war nur halb voll, das Licht drang kaum bis zum Boden. „Scheiße, Scheiße, Scheiße", flüsterte sie. Sie hatte völlig die Orientierung verloren. Sie rannte aufs Geratewohl geradeaus und wurde von etwas Hartem gestoppt. Zuerst dachte sie, sie sei gegen einen Baum gelaufen, aber das Etwas vor ihr bewegte sich. Dann flog sie durch die Luft. Sekunden später prallte sie auf dem Boden auf, die Luft wurde aus ihren Lungen gepresst. Sie schmeckte Blut, sie hatte sich auf die Zunge gebissen. So schnell sie konnte, rappelte sie sich auf die Füße. Keinen Meter vor ihr stand ein Hüne von sicher zwei Meter dreißig, und er hielt etwas Glänzendes in seiner rechten Hand. Fiona blinzelte, da erkannte sie den Gegenstand, es war ein Schlachterbeil. Ihre Blase gab nach und sie nässte sich ein, aber das bemerkte sie kaum. Sie drehte sich um und rannte los, aber sie hatte keine Chance, sie war keine drei Schritte weit gekommen, als sie einen stechenden Schmerz in ihrer rechten Schulter spürte. Blut spritzte aus einer Wunde, ihr Arm wurde taub. Adrenalin flutete ihren Körper. Noch ein Schlag und Fiona sah, wie ihr Arm auf den Boden fiel. Sie schluchzte. Versuchte, außer Reichweite dieses Irren zu kommen, aber er war so groß und hatte lange Arme und er war schnell. Schon spürte

sie einen Schmerz in ihrem linken Oberschenkel. Das Schwein hatte ihr ein Stück Fleisch herausgeschnitten. Fiona humpelte, jetzt blind vor Tränen, weiter. Sie hatte keine Ahnung, wo sie war. Sie schrie, vielleicht würden ihre Freunde sie hören. Aber niemand kam. Sie fiel auf den Boden. Das Monster stand jetzt direkt über ihr, es drehte sie auf den Rücken und trennte ihr den anderen Arm sowie die Beine ab. Fiona versank in Schwärze.

Es klopfte an die Tür von Kerstin und Kurt. Thomas riss die Tür auf. „Hey!", rief Kerstin, die sich schnell unter der Decke versteckte. „Habt ihr Fiona gesehen?", fragte er. „Nein", sagte Kerstin genervt. „Sie ist heute Nacht nicht von ihrem Waldspaziergang zurückgekommen", sagte Thomas. „Kerstin überzog eine Gänsehaut und sie sprang auf. Im Nachthemd stand sie da. „Wir müssen sie sofort suchen", sagte Kerstin. Zwanzig Minuten später standen alle angezogen vor der Hütte.

„O. k., immer in Zweier- oder Dreierteams und immer in Sichtweite bleiben", sagte Thomas gerade. Kerstin und Kurt bildeten ein Team, David, Thomas und Eva das zweite.

Sie stürmten los. „Ach, noch was, in drei Stunden treffen wir uns wieder vor der Hütte", rief ihnen Thomas zu, dann verschwand seine Gruppe.

„Blöd, dass wir kein Absperrband oder sowas dabeihaben", sagte Kerstin. „Zum Markieren des Weges, meinst du?", fragte Kurt. Kerstin nickte. „Ich habe ein ganz schlimmes Gefühl", flüsterte Kerstin. „So geht es mir auch", flüsterte Kurt zurück.

Thomas rannte wie von Sinnen durch ihren Waldabschnitt. „Jetzt warte doch mal", rief Eva. „Wir haben keine Zeit, vielleicht liegt Fiona irgendwo verletzt in einem Graben oder so", schrie Thomas. „Eben und wir wollen doch nicht neben ihr im Abgrund landen, sondern ihr helfen", sagte Eva. „Was schlägst du vor?", fragte David. „Wir sollten vielleicht in einer Reihe nebeneinander gehen und einfach die Augen offen halten, immer in Rufweite, versteht ihr?", fragte Eva. „Das hört sich gut an", sagte David. „Na, meinetwegen, Hauptsache, wir finden sie", sagte Thomas. So schwärmten sie also aus, die anderen im Blick behaltend und die Gegend absuchend. Nach neunzig Minuten sagte David, nachdem er auf seine Uhr gesehen hatte: „Wir müssen zurück, wir sind schon eineinhalb Stunden unterwegs." „Bist du verrückt? Wir können doch jetzt nicht umkehren", sagte Thomas. „Das hast du vorher selbst so festgelegt", sagte Eva. „Dann kehrt meinetwegen um. Ich suche weiter", sagte Thomas. „Das ist doch unvernünftig – was, wenn dir auch was passiert?", fragte Eva. „Ich breche jetzt nicht ab", sagte

Thomas trotzig. „Jetzt liegt es an dir, David", sagte Eva. „Ich sage, wir kehren um, vielleicht haben die anderen sie schon längst gefunden", sagte David. „Dann geht doch!", rief Thomas. „Damit du auch noch verschwindest? Ne, ne, mein Lieber", sagte David. „Komm schon, Thomas, das hat doch keinen Zweck, wir müssen zurück und uns mit den anderen beraten", sagte Eva. „Ich suche weiter", beharrte Thomas. David kramte in seiner Jackentasche und holte sein Handy hervor, dann wählte er Kurt an, aber er bekam keine Verbindung. „Wir können nicht mal telefonieren – was, wenn wir Hilfe brauchen?", fragte David. „Wir machen es so, du gehst zur Hütte zurück, und Thomas und ich warten hier auf euch", sagte Eva. Damit waren alle einverstanden und sie trennten sich.

„Wir müssen langsam zurück", sagte Kerstin, nachdem sie auf ihre Uhr gesehen hatte. „Ja, o. k. Vielleicht haben die anderen sie schon gefunden", sagte Kurt.

Kurz hintereinander trafen David, Kerstin und Kurt vor der Hütte aufeinander. „Fehlanzeige", sagte Kurt. „Und bei euch?" „Auch nichts", antwortete David. „Was ist mit Eva und Thomas?", fragte Kerstin. „Sie suchen weiter. Thomas wollte nicht umkehren", sagte David. „Soll das heißen, sie irren noch immer im Wald umher?", fragte Kerstin. David nickte knapp. „So ein Mist!", stieß Kurt wütend hervor. „Es hilft nichts, wir müssen zu ihnen", sagte Kerstin. Sie brachen auf und folgten David an die

Stelle, an der er Eva und Thomas verlassen hatte. Aber
es war niemand da.

„Thomas, jetzt warte doch mal. Ich glaube nicht, dass es
eine so gute Idee war weiterzugehen, die anderen
suchen uns sicher schon", sagte Eva. „Dann lauf doch zu
ihnen", schrie Thomas. „Schrei mich nicht an, ich kann
nichts dafür, dass Fiona verschwunden ist", sagte Eva.
„Entschuldige. Wahrscheinlich hast du recht, wir sollten
zumindest wieder dahin zurück, wo wir uns von David
getrennt haben", sagte Thomas. „Fiona! Bist du hier?",
rief er so laut, dass fast seine Stimmbänder dabei rissen.
Er lauschte in die Stille des Waldes hinein und kehrte
dann zusammen mit Eva um.

„Und was machen wir jetzt?", fragte Kerstin. „Wir
warten", sagte David. „Meinst du, sie kommen zurück?",
fragte Kurt. „Sie wissen, dass ich euch geholt habe, und
zusammen können wir eine größere Fläche abdecken",
sagte David. Die drei setzten sich auf den Waldboden
und warteten.

Nach zwei Stunden wurde Kerstin langsam unruhig. „Sie
müssten doch mittlerweile längst zurück sein", sagte sie.
„Kommt drauf an, wie weit Thomas Eva mitgeschleppt
hat", sagte David. Kerstin stand auf und begann damit,

auf und ab zu laufen. Plötzlich hielt sie inne. „Ich glaube, da kommt jemand", flüsterte sie. Und tatsächlich tauchten zwei Gestalten am Horizont auf. Wenig später waren die Freunde wieder vereint. „Wie ich sehe, habt ihr sie auch nicht gefunden", begrüßte sie Thomas. „Leider nein", sagte Kerstin. „Es ist bereits zwei Uhr, sollen wir nicht für heute abbrechen?", fragte Kurt. „Ich suche weiter", sagte Thomas. „Das ist Wahnsinn", sagte Kurt. „Das sehe ich auch so", schloss sich Kerstin an. „Und ihr zwei, seht ihr das auch so?", fragte Thomas. David und Eva nickten. „Dann geht ihr zurück zur Hütte und ich suche weiter, wir sehen uns dann morgen", sagte Thomas. „Das ist doch …", setzte Kerstin an. „Lass es, er wird sich nicht umstimmen lassen", sagte Kurt.

Und so kehrten Kerstin, Eva, David und Kurt zur Hütte zurück.

Kapitel 3

Thomas lief zu der Stelle zurück, an der er vorher
umgekehrt war. Mit der Handytaschenlampe leuchtete
er den Boden ab, damit er nicht über irgendwelche
Wurzeln fiel. Zuerst flüsterte er, doch dann schrie er:
„Fiona, melde dich!" Er schrie, bis er heiser war, und
selbst dann versuchte er es weiter. Total erschöpft legte
er sich auf den Boden. Seine Gedanken zerfaserten und
er schlief ein. Jemand trat ihm in die Rippen. Mindestens
zwei brachen dabei. Thomas schrak auf und stöhnte vor
Schmerz. Da stand ein mehr als zwei Meter großer Typ

vor ihm. „Hey, haben Sie meine Freundin gesehen? 1,76 Meter groß, braunes Haar, braune Augen, etwas stämmiger", fragte Thomas. Etwas blitzte in der Hand des Mannes auf. Das Fleischerbeil durchschnitt die Luft und dann Thomas' Arm, bis auf den Knochen. „Ah! Fuck!", schrie Thomas. Er versuchte, auf die Beine zu kommen, er schaffte es sogar, dann stolperte er von dem Ungeheuer weg. Der Typ trug eine Sturmhaube, deshalb sah Thomas nur seine schwarzen Augen. Thomas wollte gerade losrennen, als er einen Schlag in den Rücken bekam und wieder auf die Knie sank. So schnell er konnte, kroch er von dem Mann weg. Da spürte er einen Schnitt im Bein, seine Achillesferse wurde durchtrennt. Jetzt war er dem Albtraum hilflos ausgeliefert. „Nein, nicht", flehte Thomas. Da hieb der Mann schon auf seinen linken Arm ein. Der fiel einfach ab, Blut spritzte wie eine Fontäne heraus, dann folgte der andere Arm, dann waren die Beine an der Reihe, und zum Schluss trennte der wahrhaftig gewordene Dämon seinen Kopf vom Rumpf und warf ihn in den Wald.

Als Kerstin am nächsten Tag erwachte, wusste sie erst nicht, wo sie sich befand, dann fiel es ihr wieder ein, die drei hatten im Vorraum übernachtet, sie hatten sich nicht sicher gefühlt, und keiner wollte die Nacht allein im Zimmer verbringen. „Guten Morgen", sagte Kerstin und gähnte. „Hi", sagte Eva. Sie war damit beschäftigt, ihr hüftlanges blondes Haar zu Zöpfen zu flechten. „Kann ich dir helfen?", fragte Kerstin. „Oh, das wäre super.

Danke", sagte Eva. „Kein Problem", sagte Kerstin und begann die Haare von Eva zu einem kunstvollen Zopf zu flechten. „Wo ist Kurt?", fragte Kerstin nach ein paar Minuten. „Der sucht im Wald nach Thomas", sagte Eva. Kerstin hielt inne. „Allein? Ist der verrückt geworden?", sie beendete das Flechten und stürmte zur Tür. „Den findest du doch nicht, und dann verschwindest du auch noch!", rief ihr Eva hinterher. Kerstin wurde langsamer. Eva hatte recht, sie hatte keine Chance, Kurt zu finden. Sie griff sich in ihr rotes Haar und zog daran, bis die Kopfhaut schmerzte. „Nicht du auch noch", flüsterte sie. Eine Hand legte sich auf ihre Schulter. „Er kommt sicher bald zurück", sagte Eva. „Das hoffe ich", entgegnete Kerstin. Sie starrte in den Wald, da sah sie eine Bewegung und dann stand Kurt vor ihnen. „Wo warst du?", schrie Kerstin ihn an. „Ich habe Thomas gesucht", sagte Kurt. „Allein? Bist du verrückt geworden?", wollte Kerstin wissen. „Glaubst du etwa, ich lasse dich oder Eva nochmal in den Wald? Dann wäre ich verrückt", entgegnete Kurt. „Wir müssen aber doch nach Thomas und den anderen suchen", sagte Kerstin. „Und dann verschwinden wir auch noch? Keine Chance. Wir fahren heute Nachmittag zurück und holen die Polizei", sagte Kurt. „O. k., dann packe ich schon mal", sagte Kerstin. Sie gingen in die Hütte und begannen ihre Sachen wieder in Rucksäcken und Taschen zu verstauen. Nachdem sie zwei Stunden damit beschäftigt gewesen waren, hörten sie einen lauten Knall. Sie stürmten aus

der Hütte. Die Autos waren explodiert, sie standen lichterloh in Flammen, weit und breit war niemand zu sehen. Es roch nach Benzin und war entsetzlich heiß. Kurt rannte nach drinnen, schnappte sich einen großen Topf, füllte ihn mit Wasser und rannte zu den Autos, um sie zu löschen, aber er kam nicht mal in ihre Nähe, so heiß war es. „Fuck! Fuck! FUUUUUCKKKK!", schrie er und warf sich auf die Knie. Kerstin umklammerte Eva, beide weinten.

Sie liefen zurück in die Hütte, nachdem sie Kurt wieder auf die Füße gebracht hatten, und verrammelten die Tür mit einer der Bänke vom Esstisch. Eva wimmerte und zitterte in Kerstins Armen. „Sch, sch, wir kommen hier wieder raus, irgendwie", sagte Kerstin. „Versprichst du es?", fragte Eva und blickte auf. „Ja, wir kommen hier wieder weg", sagte Kerstin und strich Eva über das blonde Haar.

Kurt saß auf der Bank, die vor der Tür stand, und kaute auf seiner Unterlippe herum.

„Vielleicht gibt es hier in der Nähe einen Hof oder so. Da könnten wir telefonieren", überlegte Kurt laut. „Gute Idee, aber in welcher Richtung liegt der? Hast du eine Ahnung?", fragte Eva schniefend. „Leider nein", gab Kurt zu. „Und wenn wir uns zur Straße durchschlagen?", fragte Kerstin. „Da sind wir locker einen Tag unterwegs, aber ja, wenn wir keine andere Möglichkeit haben",

sagte Kurt. Er sprang auf und rannte in das Zimmer von Fiona und Thomas, dann kam er mit Fionas Handy zurück, es zeigte keinen Balken an, aber es war voll aufgeladen. „O. k., es reicht vermutlich, wenn wir nah genug an einen Funkmast herankommen, um Hilfe zu rufen, dann brauchen wir nicht so lange zu marschieren", sagte Kurt. „Dann nichts wie los", sagte Eva. „In drei Stunden wird es dunkel, ich würde lieber am Tag unterwegs sein", gab Kurt zu. „Und wenn wer auch immer zurückkommt?", fragte Eva. „O. k., dann stimmen wir ab. Wer ist für Nachts-Gehen?", fragte Kurt und hob als Einziger die Hand. „Na gut, dann wäre es also entschieden", sagte er. Er stand auf und rückte die Bank zur Seite, dann machten sie sich auf den Weg. Sie mussten erst ein ganzes Stück durch den Wald, folgten aber immer einem kleinen Pfad. Kurt sah immer wieder auf das Display des Handys, aber noch war keine Verbindung zustande gekommen. Langsam versank die Sonne hinter dem Horizont und schon bald sahen sie kaum mehr ihre Hand vor Augen. „Kurt, warte mal", sagte Kerstin. „Ja?" „Ich glaube, wir können heute nicht mehr weiter, ich sehe den Boden vor mir nicht mehr", sagte Kerstin. „Bitte, wir müssen weiter", flehte Eva. „Ich würde auch sagen, wir gehen noch ein Stück", sagte Kurt. „Wenn ihr meint", gab sich Kerstin geschlagen. Sie kamen gerade um eine Biegung herum, als vor ihnen, wie aus dem Boden gewachsen, ein Riese auftauchte. Alles in Kerstin schrie nach Flucht. Sie packte Kurt am

Arm. „Lass uns hier verschwinden", flüsterte sie ihm ins Ohr. „Hallo, Sie, können Sie uns sagen, wie weit es noch bis zur Straße ist?", fragte Kurt und machte einen Schritt auf den Fremden zu. Es kam keine Antwort, mit einem Mal fing die Gestalt an auf sie zuzusprinten. „Los, rennt!", rief Kurt, sie wendeten und rannten in die Richtung zurück, aus der sie gekommen waren. Nach wenigen Metern hatte der Mann Kurt eingeholt, er holte mit der Hand aus und schnitt Kurt mit seinem Fleischerbeil in den rechten Arm. Kurt schrie auf vor Schmerz und Schrecken, dann knickten seine Füße ein. Kerstin ließ die Hand von Eva los und rannte zu Kurt zurück, dann half sie ihm auf die Füße und stützte ihn. Sie ließen sich in einen kleinen Graben fallen, der neben dem Weg entlangführte. Der Typ lief jetzt auf Eva zu. „Eva, in den Graben!", schrie Kerstin. „Eva stolperte und fiel auf dem Bauch rutschend den Abhang hinunter. Sie wagten kaum zu atmen. Es war nichts zu hören. So lagen sie bis zum Morgen im Graben. Die Wunde am Arm von Kurt war tief, aber nicht lebensgefährlich. Eva riss die Ärmel ihrer Bluse ab und damit verbanden sie Kurt.

„Ich glaube, er ist weg", flüsterte Kerstin, nachdem sie über den Rand der Grube gespäht hatte. Kurt war weiß wie ein Bettlaken. „Hat das Handy Empfang?", fragte Eva. „Ich habe es verloren", sagte Kurt. Eva sah auf den Weg, und als sie niemanden sah, kroch sie nach oben. Ihre Arme waren aufgeschürft von ihrem Sturz, aber das merkte sie kaum, so voll war sie von Adrenalin. Ein

ganzes Stück entfernt fand sie das Telefon, aber es war zerstört worden, es sah aus, als hätte jemand darauf rumgetrampelt. Ein Schluchzen entwand sich ihrer Kehle.

Nachdem sie wieder ruhiger geworden war, nahm sie das nutzlose Gerät in die Hand und kehrte zu den anderen zurück. Sie gab es Kurt in die Hand und setzte sich neben Kerstin in den Graben.

„Leute, wir sollten zur Hütte zurück", sagte Kerstin. „Spinnst du?", fragte Kurt. „Wir schaffen es nie bis zur Straße, wenn der Typ wieder auftaucht, in der Hütte können wir uns wenigstens verbarrikadieren." „Ja, Kerstin hat recht", sagte Eva. „Ich muss in ein Krankenhaus", warf Kurt ein. „In der Hütte gibt es Verbandsmaterial", sagte Kerstin. „Mein Arm ist fast ab", versuchte es Kurt, aber er war überstimmt. Sie krochen aus der Senke und machten sich auf den Weg zurück zur Hütte.

Ohne besondere Vorkommnisse kamen sie an. Sie gingen hinein, schoben die Bank wieder vor die Tür und Kerstin suchte den Erste-Hilfe-Kasten. Sie fand ihn im Bad, dann säuberte sie die Wunde und verband sie. Eva war währenddessen in der Hütte herumgestromert. Sie kam mit einem alten Buch in der Hand in den Vorraum. „Schaut mal, was ich im Heizungsraum hinter dem Öltank gefunden habe", sagte sie. „Ein Buch, oh toll, wir

sind gerettet", sagte Kurt ironisch. „Idiot, vielleicht steht hier was über diesen Riesen drin", sagte Eva. Sie schlug das Buch auf der ersten Seite auf und begann laut vorzulesen.

Kapitel 4

Ich habe mich in diese einsame Hütte zurückgezogen, um meine Coronainfektion auszukurieren, leider hatte ich das Pech, auf einen Fuchs zu treffen, der wahrscheinlich Tollwut hatte. Nun ja, lange Rede, kurzer Sinn, er hat mich gebissen in das linke Bein und jetzt sitze ich hier, werde von schrecklichen Bildern gequält und habe Angst. Etwas scheint um die Hütte zu schleichen.

5. 5. 2022

Schlecht geschlafen. Ich habe von Blut geträumt, das über mich floss, das mein ganzes Sichtfeld ausfüllte. Es war so warm und einladend. Ich wollte darin ein Bad nehmen. Mich einhüllen in die Wärme.

Das Ding da draußen beobachtet mich, ich kann seinen Herzschlag spüren. Es kriecht durch das Türschloss, wenn ich schlafe, betatscht meinen Körper. Es könnte ein Mann sein, aber wie kommt er durch die Tür? Ich verschließe sie immer, auch am Tag. Die Hütte engt mich ein, ich habe aber Angst vor dem Wald, da lauert es. Dieses gefährliche Wesen, das etwas mit mir anstellen will, und ich spüre, dass es nichts Gutes ist. Ich habe heute vor lauter Wut fast das ganze Porzellan zerschmettert, aber es hat so gutgetan, das Krachen gegen die Wand, die Splitter, die umherflogen, eine richtige Befreiung, endlich aktiv etwas zu bewegen. Blut, überall Blut, das kommt von diesem Unaussprechlichen.

6. 5. 2022

Ich fühle mich kraftlos, überall liegen Scherben, ich kann kaum glauben, dass ich das war, aber ich koche schon wieder vor Wut. Warum meint es das Schicksal so schlecht mit mir? Kann nichts trinken, zwinge mir ein paar Schluck hinunter, es ekelt mich. Schmecke Blut, sehe Blut, rieche Blut. Das macht dieses Biest, das jetzt Tag und Nacht vor der Hütte lauert, aber ich gehe nicht vor die Türe, da kann es lange warten.

12. 5. 2022

Konnte ein paar Tage nicht schreiben, schaffte es kaum aus dem Bett. Dieser Blutgeruch hier in der Hütte treibt mich bald in den Wald, aber da ist es, das auf mich wartet. Es will mich haben und mir den Garaus machen. Da kann es lange warten, ich komme hier wieder weg, ich muss nur etwas Kraft sammeln. Habe keinen Hunger.

Nicke immer wieder ein. Dann bade ich in Meeren aus Blut, schlachte die letzten Mammuts ab. Ich esse ihre Herzen, während sie noch schlagen. Ich bin Lilith, Adams erste Braut. Ich lasse mir keine Vorschriften von einem Mann machen.

13. 5. 2022

Fieber hat mich im Griff, ich schlottere, obwohl ich unter Bergen von Decken liege, die Heizkörper glühen, ich befürchte, sie setzen bald die Hütte in Brand. Aber ich friere noch immer. Heute Nacht war es wieder in der Hütte, stand an meinem Bett und hat mich beobachtet. Es sang so lieblich. Ich wäre ihm fast gefolgt. Aber es konnte seine Reißzähne nicht verbergen, als es mich anlächelte. Mich bekommst du nicht! Ich werde dir dein Herz rausreißen und darauf herumtrampeln, bis nur noch Staub übrig ist.

14. 5. 2022

Schlecht geschlafen, immer wieder vom Zittern aufgewacht. Etwas passiert mit mir, meine Haut, sie sieht gräulich aus, nicht schön weiß wie sonst. Was geschieht mit mir? Wieder Blutgeruch in der Nase, halte es in der stickigen Hütte kaum noch aus. Aber ich laufe ihm nicht freiwillig in die Arme, es muss die Hütte einreißen, wenn es mich haben will.

Schaffe es heute kaum aus dem Bett, wollte mit dem Wagen fortfahren, zurück in die Zivilisation, zu einem Arzt, aber ich schaffe es gerade bis ins Badezimmer.

Trinken wird immer quälender, kann es kaum ertragen, in der Nähe von Wasser zu sein. Ich glühe wie die Heizung und friere gleichzeitig, nie wird mir warm. Warum besucht mich hier niemand? Klar, ich habe es allen verboten, sie sollten sich nicht anstecken, aber sonst hört doch auch niemand auf mich. Es sind schon Leute an Corona gestorben und auch an Tollwut, das sind ja glänzende Aussichten. Ich verbringe den Rest meines Lebens in einer einsamen Hütte, umgeben von Grauen. Das Biest schleicht immer um mich herum. Es wartet, bis ich zu schwach bin, um mich zu wehren. Es ist so schlau.

15. 5. 2022

Habe es gerade noch zur Toilette geschafft, auf allen vieren, saß fast den ganzen Vormittag auf der Schüssel. Konnte einfach nicht aufstehen und dann war der ganze Boden voller Blut. Asche flog durch die Luft. Die

Heizungen färbten sich rot vor Hitze, aber ich fror. Ich schmecke nichts mehr, nicht dass das noch etwas ausmachen würde, ich bekomme keinen Bissen herunter. Mein Körper verändert sich weiter, meine ganzen Blutgefäße schimmern durch die graue Haut.

16. 5. 2022

Heute Nacht habe ich das Haus verlassen, ich habe ein Kaninchen gejagt und roh verspeist. Das warme Blut löschte meinen Durst. Danach irrte ich durch den Wald. Stundenlang, es war mir egal, ob es mich findet oder nicht, aber ich bin nochmal davongekommen. Als ich an die Stelle zurückkam, an der ich das Tier verspeist hatte, war es weg, als hätte es sich aus dem Staub gemacht.

17. 5. 2022

Ich streifte heute Nacht wieder im Wald umher, forderte mein Schicksal geradezu heraus, aber es kam nicht zu mir. Habe zwei Eichhörnchen gegessen, roh. Ich muss in die Stadt fahren, etwas stimmt ganz und gar nicht mit mir.

18. 5. 2022

Als ich in ihm saß, wusste ich nicht mehr, wie der Wagen anspringt. Habe an dem großen runden Ding gezogen und es gedrückt, aber es ist nichts passiert. Bin dann

eingeschlafen. Es hat mich dabei beobachtet und seine Zähne gewetzt. Noch lange nicht! Versuche es morgen zu Fuß.

19. 5. 2022

Habe mich im Wald verlaufen. Ich brauchte bis zum Morgen, bis ich wieder an der Hütte ankam. Habe ein Wildschweinferkel gegessen. Bin überall im Gesicht mit Blut besudelt, aber kann mich nicht dazu überwinden, mich zu waschen. Heute war es ganz nah, als ich im Wald unterwegs war. Ich konnte es schnüffeln hören.

22454234

Mein Hunger ist so mächtig, er beherrscht mein ganzes Denken. Ich muss vorsichtiger sein, damit es mich nicht erwischt, aber wenn ich auf der Jagd bin, ist nur noch die Beute von Bedeutung. Einen Fuchs erlegt und verspeist.

45388

Meine Gedanken sind beherrscht von Bildern aus Blut, kann kaum noch das hier niederschreiben, mein Hunger ist übermächtig. Bin zu tollkühn, es wird mich erwischen.

Was bedeuten die Zahlen da in dem Buch? Ich habe es vergessen, wahrscheinlich ist es nicht wichtig. Mein Geist

vernebelt sich. Da ist ständig dieser Hunger. Ich werde zu etwas anderem. Kann kaum noch an etwas anderes als an Essen denken. Immer hungrig. Was geschieht nur mit mir? Ist das das Ende? Das Ding ist mir im Traum erschienen, es war ein Riese mit einem Fleischermesser. Er sah mich freundlich an. Ich glaube, wir können Freunde sein.

Kapitel 5

„Das war alles, was dasteht", sagte Eva. „Das war
einfach eine Verrückte, die mit der Isolation durch
Corona nicht klargekommen ist", sagte Kurt. „Und was
ist das mit dem Riesen?", fragte Kerstin. „Genau, der ist
ziemlich real, wie du wohl bestätigen kannst", sagte Eva.
„Was weiß denn ich? Vielleicht stromert der seit Jahren
hier rum", sagte Kurt. „Ich weiß nicht, Leute. Was, wenn
diese Frau den Riesen irgendwie manifestiert hat oder
so?", sagte Kerstin. „Wirst du jetzt auch verrückt, wie
diese Tussi? Manifestiert, hörst du dir eigentlich selbst
zu?", fragte Kurt. „Ich glaube, Kerstin ist auf der richtigen

Spur", sagte Eva. „Wir wissen nicht, was mit der Frau passiert ist, ob sie tatsächlich gestorben ist oder nicht. Was, wenn sie noch lebt und das Ding irgendwie hervorzaubert?", fragte Eva. „Ihr seid ja beide verrückt!", schrie Kurt. „Ignoriere ihn", riet Kerstin. „Also, ich glaube, sie lebt noch, irgendwie zumindest, da draußen im Wald", sagte Eva. „Und wenn wir den Riesen loswerden wollen, müssen wir sie irgendwie daran hindern zu träumen", sagte Kerstin. „Genau, das meine ich auch", sagte Eva. „Toll, dass ihr euch so einig seid! Das sind doch alles Hirngespinste!", rief Kurt. „Ach ja?", fragte Eva und kniff Kurt in den verletzten Arm. „Au! Das tut höllisch weh", beschwerte sich Kurt. „Beweisaufnahme abgeschlossen", sagte Eva. „Ach, macht doch, was ihr wollt. Ich renne jedenfalls nicht im Wald rum auf der Suche nach einer Geisterfrau, die nur in eurer Einbildung existiert", sagte Kurt. „Gut, dann bleib hier! Eva und ich schaffen das auch ohne deine Hilfe", sagte Kerstin.

Kerstin und Eva teilten sich ein Zimmer und schliefen schon bald ein.

Am nächsten Morgen packten sie etwas Proviant in Rucksäcke und verließen das Haus. Kurt ließen sie schlafen, er hätte nur versucht sie aufzuhalten. Sie erkundeten den Wald in Kreisen. Immer dicht beieinander. „Ich weiß nicht, war es nicht fies, Kurt einfach allein in der Hütte zu lassen?", fragte Kerstin. „Er

hätte uns nur einen Vortrag gehalten, dass wir absolut wahnsinnig geworden sind", sagte Eva. „Das stimmt wohl", sagte Kerstin resigniert. „Komm schon, sei nicht traurig, Kerstin, das renkt sich wieder ein zwischen euch, davon bin ich fest überzeugt", sagte Eva und tätschelte Kerstin die linke Schulter. „Meinst du?", fragte Kerstin. „Ganz sicher", sagte Eva. „Danke", sagte Kerstin. „Was machen wir, wenn die Frau nicht mit uns redet?", fragte Eva. „Puh! Keinen Plan, im Zweifelsfall schnell wegrennen", sagte Kerstin. „Und wenn der Typ bei ihr ist?", fragte Eva. „Ich fürchte, in dem Fall kommen wir nicht nah genug an sie ran, um mit ihr zu sprechen. Es sei denn, eine von uns lockt den Kerl weg", sagte Kerstin. „Aber das Monster ist so schnell, es hätte mich beim letzten Mal schon fast gehabt", sagte Eva. „O. k., ich locke es weg, schließlich mache ich Leichtathletik, und du sprichst mit der Frau", sagte Kerstin. „Hoffentlich geht das gut", sagte Eva. „Nur nicht den Kopf in den Sand stecken", sagte Kerstin.

Die beiden Mädchen liefen den ganzen Tag durch den Wald, ohne auf die Frau zu treffen.

„Es wird langsam dunkel, sollen wir wirklich weitersuchen?", fragte Eva. „Nein, ich glaube, wir brechen für heute ab und gehen zurück zur Hütte", sagte Kerstin. „Vielleicht hat Kurt ja was Schönes für uns gekocht", sagte Eva. „Träum weiter", sagte Kerstin und beide lachten.

Tief in der Nacht kamen sie an der Hütte an, überall brannte Licht. Sie hatten gerade die Hütte betreten, als Kurt sie auch schon anschrie: „Wo wart ihr den ganzen verdammten Tag?" „Hallo, schön, dich zu sehen", sagte Kerstin. „Lass den Quatsch!", rief Kurt. „Ein bisschen leiser, wenn das möglich ist", sagte Kerstin. Kurt ballte die Fäuste. Dann zischte er zwischen den Zähnen hervor: „Also, wo wart ihr den ganzen Tag?" „Wir haben die Frau gesucht", sagte Eva. „Ihr seid total durchgeknallt! Absolut verrückt geworden, alle beide!", schleuderte er ihnen an die Köpfe. „Komm, Eva, wir lesen nochmal das Tagebuch", sagte Kerstin und sie ließen Kurt einfach stehen. „Ha! Das könnt ihr vergessen, weil ich es nämlich verbrannt habe", sagte Kurt triumphierend. „Du hast was?", fragte Kerstin. Sie hoffte, sie hatte sich verhört. Eva stürmte vor die Hütte. Totenbleich kam sie kurze Zeit später wieder rein. „Er hat es wirklich verbrannt. Vollständig, es ist nur noch der Einband übrig", sagte Eva. Kerstin stürmte auf Kurt zu und schlug auf seine Brust ein. „Du verdammter Idiot!", schrie sie ihn an. Kurt schlug ihr mit der linken Hand ins Gesicht. Kerstin fiel wie ein Baum zu Boden. „Bist du verrückt geworden?", fragte Eva und kniete sich zu Kerstin auf den Boden. „Hey, Süße, wach auf", sagte Eva und schüttelte Kerstin an der Schulter. Sie rührte sich nicht. Eva sprang auf und holte einen Waschlappen aus dem Bad, den sie noch feucht gemacht hatte, dann kehrte sie zu Kerstin zurück und wischte ihr sanft über das Gesicht. An der Stirn hatte

Kerstin eine Platzwunde und blutete. Sanft tupfte Eva darüber, da kam Kerstin wieder zu sich. „Was ist passiert?", fragte Kerstin verwirrt. „Dein Freund hat dir ins Gesicht geschlagen", klärte Eva sie auf. „Was?", fragte Kerstin. Sie tastete ihr Gesicht ab und spürte ihr Blut auf den Fingerspitzen, dann führte sie die Hand vor ihre Augen und brach in Tränen aus. „Das hätte ich nie von dir gedacht", schluchzte sie. Eva tupfte weiter ihre Stirn ab. Nachdem der Blutfluss nachgelassen hatte, holte sie den Verbandskasten und brachte ein großes Pflaster an Kerstins Stirn an. Kurt hatte inzwischen die Hütte verlassen. „Ist dir schwindelig?", fragte Eva. „Nein", sagte Kerstin. „Wie viel Finger halte ich hoch?", fragte Eva. „Drei", antwortete Kerstin. „O. k., vielleicht ist es nicht so schlimm gewesen", sagte Eva.

„Was machen wir jetzt?", fragte Kerstin und deutete auf die Haustür. „Mit Kurt?", fragte Eva. „Ja", sagte Kerstin. „Wir schlafen wieder gemeinsam in einem Zimmer und stellen einen Schrank vor die Tür", sagte Eva. „Glaubst du wirklich, dass das nötig ist?", fragte Kerstin. „Sicher ist sicher", sagte Eva. Sie kochten sich einen Topf Spaghetti und wärmten Soße aus dem Glas auf, dann schaufelten sie sich das Essen in die Münder. Sie hatten gar nicht bemerkt, wie ausgehungert sie waren. Kurt tauchte nicht auf, auch nicht, nachdem sie gespült hatten und sich für das Bett fertig gemacht hatten. Sie hatten gerade die Tür geschlossen, als Eva Kerstin zunickte. Sie stemmten sich gegen einen Kleiderschrank

und bekamen ihn tatsächlich vor die Tür. „Darf ich heute bei dir im Bett schlafen?", fragte Kerstin. „Ich möchte heute nicht allein sein", setzte sie hinzu. „Klar. Hüpf rein", sagte Eva. Die beiden Mädchen schmiegten sich eng aneinander. „Ich verstehe das alles nicht mehr", flüsterte Kerstin. „Was meinst du genau?", fragte Eva. „Wie Kurt sich verändert hat. Als wäre er nicht mehr er selbst", sagte Kerstin. „Das hört sich jetzt sicher weit hergeholt an, aber vielleicht ist das Monster durch die Verletzung irgendwie in ihn reingekrochen", sagte Eva. „Du meinst, er ist besessen oder so?", fragte Kerstin entsetzt. „Aber vielleicht ist Kurt einfach nur ein Arschloch", sagte Eva, um Kerstin zu beruhigen. „Aber konnte ich mich wirklich so in ihm täuschen?", fragte Kerstin. „Vielleicht ist er ein guter Schauspieler und zeigt jetzt sein wahres Gesicht", sagte Eva. „Ich weiß n…", sagte Kerstin und war vor Erschöpfung eingeschlafen.

Als Kerstin am nächsten Tag aufwachte, hatte sie Kopfschmerzen. Erst nach und nach stürmten die Erinnerungen auf sie ein. „Kurt!", rief sie. „Er ist nicht hier", sagte Eva beruhigend. Kerstin entspannte sich. „Wie geht es dir, Süße?", fragte Eva. „Mein Schädel brummt, als hätte ich ein Hornissennest zwischen den Ohren", sagte Kerstin. „Vielleicht verschieben wir die Suche lieber auf morgen, wenn du wieder fit bist", sagte Eva. „Auf keinen Fall, wer weiß, wann das Monster wieder auftaucht", sagte Kerstin. „Die Frage ist nur, wer ist das wahre Monster, der Riese oder Kurt?", fragte Eva.

„Vielleicht sollten wir im Wald übernachten", sagte
Kerstin. „Na, also, ich weiß nicht. Wenn uns das Ding im
Schlaf angreift, haben wir nicht mal mehr die Chance
wegzulaufen", meinte Eva. „Und wenn Kurt wirklich
besessen ist, bringt er uns vielleicht beim nächsten Mal
um", sagte Kerstin. „Na toll, wir haben die Wahl
zwischen Pest und Cholera. Wie kommen wir jetzt hier
raus?", fragte Eva. „Zuerst muss der Schrank weg", sagte
Kerstin. „Oh Mann. Na dann, also los", sagte Eva. Die
beiden Mädchen packten an und schoben den Schrank
zur Seite. Dann lauschten sie. Es gab keine auffälligen
Geräusche. Schnell riss Kerstin die Tür auf und spähte in
den Aufenthaltsraum. „Die Luft ist rein", sagte sie. So
schnell wie möglich packten sie einige Vorräte und den
Verbandskasten in Rucksäcke, dann verließen sie die
Hütte. Von Kurt war nichts zu sehen.

Kapitel 6

Die beiden Mädchen beeilten sich, zu der Stelle zu kommen, an der sie am Vortag aufgehört hatten zu suchen. Sie kamen zwar schneller voran als gestern, weil sie die Gegend nicht mehr absuchen mussten, aber sie brauchten trotzdem ein paar Stunden.

„O. k. und wie jetzt weiter?", fragte Kerstin. „So ein Pech, dass Kurt das Tagebuch verbrannt hat, vielleicht hätten wir einen Hinweis gefunden", sagte Eva und kaute auf ihrer Unterlippe herum. „Wir haben keine andere Wahl, wir müssen wieder alles absuchen, wie gestern", sagte Eva schließlich. „Yippie, was für ein

Spaß", sagte Kerstin und reckte den linken Daumen nach oben.

Die Mädchen machten sich auf die Suche. Sie versuchten so wenig Lärm wie möglich zu verursachen, immerhin wollten sie den Riesen nicht anlocken.

Die Stunden vergingen, aber sie fanden die Frau nicht. Als die Nacht hereinbrach, suchten sie sich einen breiten Baum aus, an den gelehnt sie beide liegen konnten, und setzten sich nebeneinander. „Wir sollten in Schichten schlafen", sagte Kerstin. „O. k., dann schlaf du zuerst. Ich werde dich aber alle fünfzehn Minuten wecken und kontrollieren, ob du noch bei Bewusstsein bist", sagte Eva. „Was für ein Spaß!", rief Kerstin. Dann schloss sie die Augen und war keine fünf Minuten später eingeschlafen. Eva bekam eine Gänsehaut. Sie hatte das Gefühl, von tausenden Augenpaaren beobachtet zu werden.

Kerstin wurde wachgerüttelt. „Was ist?", fragte sie. „Wollte nur sehen, ob du nicht im Koma liegst", sagte Eva. „Schlaf weiter." „Hm", sagte Kerstin und dämmerte weg. Nach dem fünften Mal hatte sich Kerstin an die ständigen Störungen gewöhnt. „So, jetzt kannst *du* etwas schlafen", sagte Kerstin. „O. k., aber es ist hier echt unheimlich, wenn man so allein wach ist", sagte Eva. „Das werde ich schon überstehen", sagte Kerstin.

„In zwei Stunden weckst du mich, o. k.?", fragte Eva. „Ja, Mama", sagte Kerstin und grinste.

Kerstin fuhr zusammen, keine vier Meter von ihr entfernt kam etwas durch ein Gebüsch, direkt auf sie zu. Sie wollte gerade Eva wachrütteln, als ein Fuchs an ihr vorbeischoss und im Wald verschwand. Ihr Herz klopfte wild. „Beruhige dich, das war nur ein Fuchs", sagte Kerstin leise. Dann fiel ihr die Stelle im Tagebuch ein, als die Frau schrieb, von einem Fuchs mit Tollwut infiziert worden zu sein, und ihr Puls galoppierte wieder. Noch eine halbe Stunde, dann sollte sie Eva wecken. Jetzt nur nicht durchdrehen, sagte sie sich. Ein Ast knackte. Kerstin sprang auf die Füße. Sie suchte mit ihren Blicken alles ab, konnte aber kaum etwas sehen, da es so dunkel war. Dann war es wieder still. Ihre Nerven waren zum Zerreißen gespannt. Nichts passierte. Erleichtert stupste sie Eva an. „Was?", fragte diese. „Du bist wieder dran", sagte Kerstin. „O. k.", sagte Eva und rieb sich den Schlaf aus den Augen. Kerstin lehnte sich zurück und schlief sofort ein.

Als sie die Augen öffnete, kam gerade die Sonne hervor. Der Wald war in Rot getaucht. Dabei dachte Kerstin an die Visionen der Frau, das ganze Blut, das durch ihren Kopf gespukt war. Schnell verwarf sie den Gedanken. „Guten Morgen", sagte Eva und reichte ihr eine Scheibe Brot, belegt mit Edamer. „Danke", sagte Kerstin und aß.

Nachdem sie zusammengepackt hatten, setzten sie ihre Suche fort. Um die Mittagszeit kamen sie an einen Bach, er war vielleicht einen Meter tief, aber das Wasser war klar. „Meinst du, wir könnten?", fragte Eva. „Du meinst baden?", fragte Kerstin. „Es sieht nicht so aus, als würde hier oft jemand vorbeikommen", sagte Eva. „O. k.", sagte Kerstin, sie legten ihre Rucksäcke ab, entledigten sich ihrer Klamotten und sprangen nackt in das Wasser. Es war angenehm kühl und schon bald befanden sich die beiden Freundinnen in einer wilden Wasserschlacht.

Als sie erschöpft waren, stiegen sie ans Ufer und kleideten sich wieder an. „Das hat gutgetan", sagte Eva. „Da stimme ich zu", sagte Kerstin, dann wurde sie ernst. „Das hätte Kurt sicher gefallen", sagte Kerstin. „Du meinst, uns nackt zu sehen?", fragte Eva. „Das sicher auch, aber das Planschen", sagte Kerstin. „Tut mir leid", sagte Eva und drückte die Freundin fest an sich. „Tut mir leid, es tut einfach so weh, weißt du?", fragte Kerstin. „Ja, ich weiß. Wenn wir die Frau gefunden haben, wird sicher alles wieder normal werden", sagte Eva und malte Anführungszeichen mit den Fingern in die Luft. „Wenn uns der Riese nicht vorher findet", sagte Kerstin mutlos. „Dann wäre wohl alles vorbei, oder?", fragte Eva. „Ich befürchte es", sagte Kerstin und wischte sich eine Träne aus dem Auge.

Sie suchten weiter. Die Stunden rannen dahin, aber sie kamen ihrem Ziel kein Stück näher. „Vielleicht hätten wir

es nochmal mit der Straße versuchen sollen", sagte Eva frustriert und fuhr sich durch das Haar. „Hm", sagte Kerstin. „Hey, hörst du mir zu?", fragte Eva. „Tut mir leid, ich war gerade in Gedanken. Was hast du gesagt?", fragte Kerstin. „Ob wir es nicht lieber nochmal mit der Straße versuchen sollten", sagte Eva. „Das hat ja beim letzten Mal nicht gerade gut geklappt", sagte Kerstin. „Auch wieder wahr", gab Eva zu. „Wir sollten uns jedenfalls beeilen, unsere Vorräte halten nicht ewig", sagte Kerstin und kaute auf ihrer Unterlippe herum. „Wenn die Autos nicht ausgebrannt wären …", setzte Eva an. „Ich weiß. Und wenn wir gar nicht hergefahren wären", sagte Kerstin. „Tut mir leid, es ändert nichts, sich darüber Gedanken zu machen, was hätte sein können. Ich hoffe, die Frau versteht uns", sagte Eva. „Darüber habe ich auch schon nachgedacht, es könnte sein, dass sie menschliche Sprache nicht mehr versteht, und wie wir ihr erklären sollen, dass dieses Ding uns töten will, weiß ich noch weniger. Vielleicht ist das alles zum Scheitern verurteilt und wir werden hier abgeschlachtet", sagte Kerstin. Sie setzte sich ins Gras, wiegte sich vor und zurück und begann hemmungslos zu weinen. „Sch, sch, wir kommen hier schon wieder weg", sagte Eva und nahm Kerstin in die Arme. „Ich bin einfach am Ende. Es scheint mir alles so sinnlos zu sein. Wir strampeln uns ab und dann sterben wir doch. Vielleicht sollten wir zur Hütte zurückgehen und darauf warten, dass er es zu Ende bringt. Oder dass es Kurt für ihn

macht", sagte Kerstin. Tränen schossen ihr noch immer aus den grünen Augen. Sie begann zu hyperventilieren und rang nach Luft. „Ganz ruhig. Einatmen und ausatmen, ja, genau so", sagte Eva. „Ich wollte doch so gern Tierärztin werden", sagte Kerstin stockend. „Das wirst du auch, verlier jetzt nicht die Nerven. Bitte!", flehte Eva. „Ich, ich, kann nicht …", sagte Kerstin. „Doch, du kannst!", schrie Eva und packte Kerstin bei den Schultern, dann schüttelte sie die Freundin. „Gib nicht auf", sagte Eva. Dann knallte sie Kerstin eine. Das zeigte Wirkung. Kerstins Atmung normalisierte sich. Ihr Blick wurde klar und sie hörte auf zu weinen. „Entschuldige", sagten Kerstin und Eva gleichzeitig. Dann prusteten sie beide los. Eva half Kerstin wieder auf die Beine. Kerstin sah sich um. „Also, wenn ich mich von der Zivilisation zurückziehen wollte, würde ich eine Stelle suchen, an der nie jemand vorbeikommen wird. Ich glaube, wir müssen noch tiefer in den Wald", sagte Kerstin.

Und so brachen sie erneut auf. Sie zwängten sich durch das Unterholz, zerkratzten sich die Gesichter, ihre Haare verfingen sich in Ästen, aber sie setzten ihren Weg unermüdlich fort.

Irgendwann gelangten sie an eine Höhle. Kerstin zögerte kurz, dann trat sie ein. „Hallo! Ist da jemand?", rief sie. Sie trat auf etwas, das ein Knacken von sich gab. Als sie es näher betrachtete, sah sie, dass es Knochen von einem Fuchs oder etwas Ähnlichem waren. Ihr Herz

setzte einen Schlag aus. Jetzt roch sie es. Unverkennbar stank es hier nach Kupfer. Sie schluckte einen Kloß hinunter. Ganz hinten in einer Ecke auf Fellen von Rehen oder etwas Ähnlichem saß eine Frau, sie war kaum noch als Mensch zu erkennen. Ihre Adern traten hervor und sie kaute auf einem Knochen herum. Dann hielt sie inne und schnupperte. „Hallo, ich bin Kerstin. Sind Sie die Frau aus der Hütte?", fragte Kerstin. Die Frau sprang auf und stürzte auf Kerstin zu. Kerstin schrie kurz auf und rannte dann zurück zum Ausgang der Höhle. Sie erreichte gerade die Öffnung, als die Frau sie zu Fall brachte, indem sie sich auf ihre Beine stürzte und sie umriss. „Nein! Hilfe!", schrie Kerstin. Die Frau richtete sich über dem Mädchen auf. Da passierte es. Die Frau bekam einen schweren Ast gegen den Kopf geknallt und sie ging zu Boden. Verwirrt sah sich Kerstin um. Eva stand vor der Höhle, einen halben Baumstamm in den Händen, und atmete schwer. „Los, wir müssen weg", stieß Eva hervor. Das ließ sich Kerstin nicht zweimal sagen, sie kam auf die Beine und sie rannten davon. Als sie nicht mehr konnten, krochen sie hinter zwei Baumstämme und sahen sich um. Die Frau kam anscheinend nicht hinter ihnen her. „Verdammt, das war knapp", sagte Kerstin stockend. „Gibt es noch einen Plan B?", fragte Eva. „Ich fürchte nicht", gab Kerstin zu. „Wir sind echt beschissen dran. Wir können nicht zurück zur Hütte, nicht zur Straße, und ewig im Wald bleiben können wir auch nicht", fasste Eva die Situation

zusammen. „Game over", sagte Kerstin. „Nein, noch lange nicht. Wir gehen zurück zur Hütte, überwältigen Kurt, das Klogesicht, und fesseln ihn, dann holen wir Öl aus dem Tank und fackeln dieses Monster ab. Und wenn wir schon dabei sind, die Frau gleich mit", sagte Eva. „Hast du Kurt gerade wirklich Klogesicht genannt?", fragte Kerstin. „Konzentrier dich auf den Plan. Bist du dabei?", fragte Eva. „Packen wir es an!", sagte Kerstin.

Kapitel 7

Eva und Kerstin schlugen sich wieder durch das
unwegsame Gelände, bis sie bei der Hütte ankamen.
Vorsichtig spähten sie vom Wald aus zu der Hütte. Kurt
war nicht zu sehen. Sie schlichen näher und stoppten an
der Haustür. Dann lauschten sie, die Klospülung
rauschte. Schnell betraten sie den Vorraum,
durchquerten ihn und rannten in den Heizungskeller.
„Und jetzt?", flüsterte Eva etwas außer Puste. „Ich habe

hier ein Seil gesehen, als ich hier mal drinnen war", sagte Kerstin leise. Sie sah sich um und erspähte es neben dem Heizkessel am Boden. Schnell bewegte sie sich darauf zu und nahm es in einer fließenden Bewegung auf. „O. k., Punkt eins ist abgehakt, was jetzt?", fragte Eva. „Eine von uns lenkt ihn ab und die andere stürzt sich mit dem Seil auf ihn und versucht ihn zu Boden zu bringen", wisperte Kerstin. „Nimm du das Seil", sagte Eva. Kerstin wickelte es auf, dann nickte sie Eva zu. Eva riss die Türe auf und sagte: „Hallo, Kurt, na, wie geht´s? Alles senkrecht?", und kam langsam auf ihn zu. Dann stellte sie sich so, dass der Heizungskeller nicht mehr im Blickfeld von Kurt auftauchte. „Eva! Das ist ja nett. Ist Kerstin auch da?", fragte Kurt. „Nein, wir haben uns gestritten, sie ist ja so eine Bitch!", sagte Eva. „Das kannst du laut sagen", stimmte ihr Kurt zu und grinste verschlagen. Kerstin stürmte von hinten an ihn ran und schlang einen Teil des Seils um ihn. „Hey, was soll das?", fragte er. Noch ehe er reagieren konnte, warf sich Eva auf seine Beine und holte ihn von den Füßen. Jetzt wickelte Kerstin immer mehr Seil um seinen Körper und zog es straff. „Das tut weh! Hey!", schrie Kurt. „Mach weiter!", fuhr Eva Kerstin an, die gerade innehalten wollte. Und so wickelten jetzt beide Mädchen das Seil um den Körper des hilflosen Jungen. Sie verknoteten es fest und setzten sich auf den Boden. „Puh, das war ja …", sagte Kerstin und dann sagten beide Mädchen gleichzeitig: „Spitze!", und lachten. „Ihr seid wohl

verrückt geworden!", schrie Kurt. „Das ist ja nicht zu ertragen, Eva, schau mal, ob es was zum Maulstopfen in der Küche gibt", sagte Kerstin. „Das wagt ihr nicht, ihr blöden Nutten, macht mich sofort wieder los!", zeterte Kurt. Eva sprang auf die Füße und durchwühlte einige Schubfächer, dann kam sie mit drei Küchenhandtüchern zurück. „Hoffentlich bekommen wir das um seinen Gipskopf", sagte Kerstin, dann gingen sie ans Werk. Kurt versuchte sie immer wieder zu beißen, aber sie wichen ihm gekonnt aus, dann war es geschafft, und sie atmeten auf. Kurt wand sich auf dem Boden, kam aber nicht aus seinen Fesseln raus. Kerstin und Eva durchsuchten die Hütte von oben bis unten, fanden aber keine Kanister oder Ähnliches, aber sie hatten ja Marmeladengläser mitgebracht, schnell leerten sie sie aus, spülten sie und gingen in den Heizungskeller, hier fanden sie zum Glück in Bodennähe ein Ventil. Sie öffneten es und füllten die neun Marmeladengläser mit Heizöl. Dann gingen sie in eines der Zimmer und zogen die Bettdecken ab. Sie rissen diese in Streifen, sie bohrten mit einem großen Messer kleine Öffnungen in die Deckel und steckten einen Teil des Stoffs in die Öl-Gläser. „Sollen wir es ausprobieren?", fragte Eva. „An ihm?", fragte Kerstin und nickte mit dem Kopf in Kurts Richtung. „Sei nicht so gehässig, nein, draußen", sagte Eva. „Wir brauchen noch ein Feuerzeug", sagte Kerstin. Sie trat an Kurt heran und betastete seine hinteren Hosentaschen, sie erspürte

tatsächlich ein Feuerzeug und friemelte es aus seiner Tasche heraus. „Und los geht's", sagte sie.

Sie traten vor die Hütte, nahmen eines der Gläser, zündeten ihre improvisierte Zündschnur an und warfen es mit voller Wucht auf den Grill. Eine Explosion war die Folge, die ihnen die Augenbrauen versengte. „Ja!", schrien die Mädchen und klatschen sich ab. „Das funktioniert ja super", sagte Eva. „Hoffentlich ist der Riese nicht feuerfest", sagte Kerstin. „Du meinst, das ist möglich?", fragte Eva ängstlich. „Ich habe keine Ahnung, er ist ja nur aus einem Traum entstanden, keine Ahnung, ob er dann Probleme mit Feuer bekommt oder nicht", sagte Kerstin. „Na, du machst mir ja Mut", sagte Eva. „Ich denke nur, wir müssen auf alles vorbereitet sein", sagte Kerstin. „Und was machen wir, wenn er immun ist?", fragte Eva. „Dann rennen wir um unser Leben", sagte Kerstin. „Vielleicht sollten wir es doch nochmal mit der Straße probieren", sagte Eva. „Nein, wir müssen in den Wald zu der Alten!", sagte Kerstin. „Oh Gott, steh uns bei", flehte Eva. Sie gingen in die Hütte, holten sich zwei Rucksäcke, packten Vorräte ein und machten sich auf den Weg, nicht ohne Kurt noch einen Tritt in die Rippen mitzugeben.

Kapitel 8

Die beiden Mädchen beeilten sich, um so schnell wie
möglich wieder zu der Höhle zu kommen. Aber es war
bald die Nacht hereingebrochen und sie entschieden,
dass sie lieber rasten sollten, um für den Kampf
ausgeruht zu sein.

„Was glaubst du, werden wir erfolgreich sein?", fragte
Eva. „Um ehrlich zu sein, ich weiß es nicht, ich musste
bisher noch nie kämpfen, und dann auch noch jemanden
töten. Darüber will ich lieber gar nicht nachdenken",
sagte Kerstin. „Warum blasen wir dann die ganze Sache
nicht ab und machen, dass wir zur Straße kommen?",
fragte Eva. Und dann beantwortete sie sich ihre Frage
selbst: „Weil der Riese dort auftauchen wird, um uns zu
töten!" Kerstin nickte. „Du solltest jetzt versuchen zu
schlafen, ich übernehme die erste Wache", sagte
Kerstin. Eva rollte sich auf die Seite und schlief ein, die
letzten Tage forderten ihren Tribut.

Kerstin saß an einen Baum gelehnt da und starrte in die
Dunkelheit. Tränen brannten in ihren Augen, aber sie
blinzelte sie weg. Sie musste nur noch einen Tag
durchhalten und stark sein, dann konnte sie
zusammenbrechen. Sie begann damit, die Gläser mit Öl
immer wieder zu überprüfen, darauf, ob sie noch dicht
waren und nichts von der kostbaren Flüssigkeit verloren
hatten. Langsam senkte sich eine angenehme Ruhe über
sie herab und sie konnte sich das erste Mal seit Tagen
entspannen. Morgen würde sich ihr Schicksal
entscheiden. Nachdem sie Eva geweckt hatte, sank sie
selbst in traumlosen Schlaf.

Die Nacht verging, ohne dass etwas passierte. Sie
frühstückten ein wenig und machten sich dann wieder

auf den Weg, die Sonne war noch nicht aufgegangen, aber sie schimmerte bereits am Horizont.

Als sie noch etwa eine Stunde von der Höhle entfernt waren, stand plötzlich der Riese vor ihnen, Kerstin kam gerade hinter einem Gebüsch hervor, wo sie sich erleichtert hatte, und da sah sie, wie das Monster auf Eva zurannte. Sie fummelte mit zittrigen Händen eines der Marmeladengläser aus dem Rucksack, zündete die Lunte an und warf es nach dem Angreifer. Der erste Wurf ging daneben und setzte nur das Gras in Brand, aber der zweite war ein Volltreffer, er traf das Ungeheuer direkt an der Brust. Seine Klamotten fingen Feuer und es versuchte, es auszuschlagen, schon brannte auch sein Rücken. Es schlug nach den Flammen und schrie. Dann stand es plötzlich einfach da. Die Flammen verloschen von selbst und es rannte wieder auf Eva zu, die wie gelähmt einfach nur dastand, Kerstin rannte los. Sie wollte Eva unbedingt vor dem Feind erreichen, aber sie kam zu spät. Er hob Eva einfach hoch, die noch immer steif wie eine Statue war. Dann warf er sie mit Wucht auf die Erde. Kerstin hörte Knochen brechen und sah, wie Eva verkrümmt am Boden lag, sie rührte sich nicht mehr. Kerstin warf noch eine Brandbombe nach dem Monster und dieses zog endlich ab. Schnell stolperte Kerstin zu ihrer Freundin, aber es war zu spät, es hatte ihr das Rückgrat gebrochen. „Eva, Süße, wach auf. Ich kann das nicht ohne dich!", flehte Kerstin.

Sie saß Stunde um Stunde an der Seite ihrer Freundin, war unfähig, einen klaren Gedanken zu fassen. Tränen benetzten ihr Gesicht. Sie liefen, als ob jemand eine Schleuse geöffnet hätte.

Kerstin hörte einen Zweig knacken. Sie sah auf und konnte ihren Augen kaum glauben, da kam Kurt in ihre Richtung. Er hielt ein Messer in der Hand und sah sehr wütend aus. Jetzt konnte sie sich aus ihrer Erstarrung lösen, packte ihren Rucksack und rannte weiter in den Wald. Sie hatte nur noch eine Chance, sie musste die Frau umbringen, vielleicht war Kurt dann nicht mehr von dem Monster besessen. Kerstin blickte sich immer wieder um, dann stolperte sie und rutschte einen leichten Abhang hinunter, aber Kurt war gleich zu ihr heruntergesprungen und attackierte sie mit dem Messer. Kerstin versuchte, ihn abzuwehren, aber er stach ihr in den linken Arm. Schmerz durchfuhr sie, Brennen wie Feuer. „Nein, Kurt, was machst du?", schrie sie. Er holte gerade erneut aus, da konnte sie ihm ein Bein wegtreten. Sie kroch ein paar Meter von ihm weg, fummelte ein Glas aus dem Rucksack und zündete die Zündschnur an, da stand er schon wieder über ihr, mit aller Kraft schlug sie das Gefäß in sein Gesicht. Es explodierte in seiner linken Gesichtshälfte und er warf sich zu Boden. Schnell rappelte Kerstin sich auf und rannte davon. Sie sah nicht zurück, sie hatte nur noch ein Ziel, die Höhle.

Zuerst schlug sie Haken, um ihn nicht direkt zur Höhle zu führen, aber schon bald war sie außer Atem und nahm dann den direkten Weg. Als sie in die Nähe des Berges kam, verlangsamte sie ihre Schritte. Sie scannte die Umgebung mit ihren Augen und Ohren. Sie konnte weder den Riesen noch Kurt sehen, die Frau allerdings auch nicht. Kerstin nahm sich zwei Brandbomben aus dem Rucksack und schulterte ihn dann wieder. Langsam schlich sie zu der Höhle. Sie betrat sie und musste innehalten, um sich an das dämmrige Licht zu gewöhnen. Sie wollte gerade weitergehen, da stürmte die Zombiefrau auf sie zu. Bevor Kerstin einen Brandsatz werfen konnte, ging sie zu Boden. Sie ließ die Bomben auf den Boden sinken und hielt das Gesicht der Frau auf Abstand, diese wollte sie gerade beißen. Verzweifelt überlegte Kerstin, was sie machen sollte, da wurde die Frau von ihr weggerissen, und Kurt stand über ihr, sein Gesicht war wutverzerrt, er wollte gerade auf Kerstin einschlagen, da rannte die Zombiebraut auf ihn zu und biss ihm in die Hand. Erschrocken wich Kurt zurück. Die Frau rannte wieder auf ihn zu, das war ihre Chance, dachte Kerstin, sie schleuderte einen Brandsatz nach dem Kopf der Frau und diese ging in Flammen auf. Die Frau schrie und rannte herum wie ein kopfloses Huhn, dann sank sie zur Erde und verbrannte ganz. Kerstin wollte sich gerade gegen einen erneuten Angriff von Kurt wappnen, als er sie ansprach: „Kerstin, es tut mir so leid, ich war von dem Geist des Monsters besessen und

hatte keinen freien Willen mehr." „Und, wie ist es jetzt?", fragte Kerstin, mit Abstand eine Brandbombe in der Hand. „Ich bin wieder ich, aber ich fürchte, du wirst mich trotzdem töten müssen", sagte Kurt. „Was? Jetzt ist doch wieder alles gut, oder?", fragte Kerstin. „Ich bin gebissen worden und wir wissen alle seit ‚The Walking Dead', was mit Infizierten passiert", witzelte Kurt. „Du meinst das wirklich ernst, dass ich dich umbringen soll, oder?", fragte Kerstin. Kurt nickte nur. Kerstin stürmte auf ihn zu und umarmte ihn ganz fest. „Das kann ich nicht machen", flüsterte sie. „Dann wirst du auch zu einem Zombie werden, verstehst du das nicht?", schrie Kurt sie an. „Nein, das mache ich nicht, wir gehen jetzt zurück zur Hütte und da verbinde ich dich und dann gehen wir zur Straße und bringen dich in ein Krankenhaus", sagte Kerstin. Kurt rührte sich nicht. „Verdammt, Kurt, jetzt ist nicht der richtige Zeitpunkt, um stur zu sein!", rief Kerstin. „Was soll das noch bringen? Glaubst du, mit einem Verband machst du mich wieder heile? Das wird nicht funktionieren, Süße. Ich bin am Arsch, sieh es ein, ich habe es bereits akzeptiert", sagte Kurt. „Nein, ich werde dich nicht abfackeln und ich lasse dich auch nicht hier zurück, verdammt nochmal", fluchte Kerstin. „Es ist doch eine ganz einfache Rechnung. Wenn ich in Kontakt mit Leuten aus der Stadt komme, infiziere ich sie früher oder später, und irgendwann wird es nicht mehr aufzuhalten sein, besser, du setzt dem Ganzen ein Ende, bevor es

sich ausbreitet. Du wirst eine Heldin sein, du rettest die Menschheit", sagte Kurt und grinste. „Wisch dir dieses blöde Grinsen aus dem Gesicht und komm jetzt mit!", rief Kerstin. „Keine Chance", sagte Kurt. Mit einer plötzlichen Bewegung entwand Kurt Kerstin das Marmeladenölglas und rannte vor die Höhle. „Nein, tu es nicht!", schrie Kerstin und rannte ihm hinterher. Sie kam gerade aus der Höhle, als sie sah, wie er die Zündschnur anzündete, er hatte noch ein Ersatzfeuerzeug in der Tasche gehabt, dann warf er sich den Brandsatz auf den Kopf und er brannte in Sekunden lichterloh, er rannte herum und schrie, Kerstin rannte ihm hinterher, wollte ihn zu Boden werfen und die Flammen löschen, aber bis sie ihn erreichte, war sein Körper komplett verkohlt. Kerstin musste sich übergeben.

Sie saß jetzt bereits seit fünf Stunden neben dem, was einst Kurt gewesen war, und konnte es einfach nicht über sich bringen, Richtung Hütte zu laufen. Sie hatte längst keine Tränen mehr, aber ihr Herz hatte ein Loch, das sich wohl nie wieder schließen würde. Jetzt war sie die einzige Überlebende. Fünf Mitschüler und Freunde waren tot. Wie sollte sie jemals damit klarkommen? Und was würden die Leute denken? Würde sie vielleicht am Ende im Knast oder in der Klapse landen? Kerstin dachte daran, dass es das Einfachste wäre, wenn sie auch tot wäre. Aber was würde das mit ihrer Familie machen? So saß Kerstin bis zum Morgen auf dem Waldboden und

kam zu keiner Lösung. Irgendwann übernahm ihr Autopilot, sie stand auf und lief gemächlich Richtung Waldhütte. Hätte sie Kurt begraben sollen, fragte sie sich auf ihrem Weg, verwarf den Gedanken aber wieder, sie hatte keine Schaufel oder Spitzhacke gehabt, sie hätte mit den Händen graben können, überlegte sie und wollte schon zurückgehen, aber ihre Füße gehorchten ihr nicht, sie lief immer weiter, wie in Trance. Sie hatte kein Zeitgefühl mehr, wie lange war sie bereits unterwegs? Wie lang noch bis zur Hütte und von dort zur Autobahn? Das Loch in ihrem Herzen regte sich. Gib auf, es gibt nur noch Leid für dich, flüsterte es ihr zu, aber Kerstin ging weiter.

Als sie vor der Hütte stand, ließ sie sich einfach mit dem Gesicht auf den Boden fallen. Sie wollte nur noch hier liegen und darauf warten, dass der Sensenmann sie holte.

Als sie aufwachte, sie hatte gar nicht bemerkt, wie müde sie gewesen war, dachte sie wieder an ihre Familie. Sie schleppte sich in das Haus, duschte und zog sich frische Kleider an, dann saß sie auf ihrem Bett und wartete. Sie wartete auf die anderen, die ihr sagten, dass sie nur einen Albtraum gehabt hatte, aber es kam niemand. Auch am nächsten Tag blieb sie allein.

Sie machte etwas zu essen, bekam aber fast nichts runter. Ihr war klar, dass sie hier wegmusste, zurück zu

ihrer Familie, sie musste den anderen Familien erzählen, was passiert war und dass ihre geliebten Kinder nicht zurückkommen würden. Vielleicht hatte sie aus diesem Grund überlebt, damit die Angehörigen trauern konnten. Vielleicht war es aber einfach nur Zufall gewesen, und es war egal, ob sie zurückkehrte oder nicht. Aber was sollte sie machen, wenn sie nicht zurückging? Sollte sie im Wald in der Höhle der Zombiefrau leben? Was sollte sie essen? Konnte sie einfach so ihr ganzes Leben hinter sich lassen? Nein, das war unmöglich. Aber wie würde sie mit den bohrenden Fragen fertigwerden, die alle ihr stellen würden? Und wie würde sie damit umgehen, für immer weggesperrt zu werden? Kerstin hatte auf all diese Fragen keine Antworten, aber sie konnte nicht im Wald leben, sie musste zurück.

Sie packte einige Lebensmittel in ihren Rucksack, nahm die verbliebenen zwei Brandbomben und ein Feuerzeug mit, dann verließ sie die Hütte. Es war ein schöner Morgen, als sie sich zur Straße aufmachte.

Aber nach stundenlangem Fußmarsch sah sie immer noch nicht die Autobahn. Sie rastete, aß etwas, erleichterte sich hinter einem Gebüsch und setzte ihren Weg fort. Als sie zu dem Graben kam, in den sie gesprungen war, als der Schlächter aufgetaucht war, zuckte sie zusammen. Sie sah sich ganz genau um, ob der Riese nicht irgendwo lauerte, aber er war nicht da.

Also setzte sie ihren Weg fort. Sie kam langsam voran, musste immer wieder pausieren, weil ihr Herzschlag aus dem Takt geriet und das Loch im Herz schmerzte. Bilder von ihren Freunden tauchten vor ihrem geistigen Auge auf. Sie sahen so unbeschwert und fröhlich aus, genauso wollte sie sie in Erinnerung behalten, sie wollte nicht daran denken, was mit ihnen passiert war. „Kurt, ach Kurt, wärst du wenigstens noch bei mir", flüsterte sie. Dann kamen die Tränen und sie musste sich auf den Weg setzen. Wie konnte sie nur weiterleben, wo die anderen doch tot waren? Langsam nistete sich ein Gedanke in ihr ein. Sobald eine Brücke auftauchen würde, würde sie sich hinunterstürzen, um dem ganzen Leid zu entfliehen. Sie beschleunigte ihre Schritte, sie wollte nicht mehr länger als unbedingt nötig damit warten. Sie stolperte über eine Unebenheit in der Straße und fiel auf ihr Gesicht, ihre Nase blutete jetzt und ihr brummte der Schädel, aber das brachte sie wieder zur Vernunft. Sie musste weiterleben, auch für ihre Freunde, um ihr Andenken zu ehren, damit man sich immer an sie erinnerte. Aber wie sollte sie das bewerkstelligen, wenn sie in der Psychiatrie saß? Ihr gerade aufgekommener Mut sank erneut und ihre Gedanken schweiften wieder zu der Brücke. Der Song ‚The World I know' von Collective Soul kam ihr in den Sinn. „And I step on the Edge …" Sie sah sich fallen, ewig fallen und nie unten ankommen. Es fühlte sich so befreiend an, aber sie wusste, dass das Ende umso härter wäre, also lief sie

weiter und versuchte nicht mehr an Brücken, Fliegen und Frieden zu denken.

Sie richtete all ihre Gedanken auf die Umarmungen ihrer Eltern, wenn sie wieder zuhause wäre. Wie glücklich sie wären, dass sie überlebt hatte, auch wenn das ganz schön unfair den anderen Eltern gegenüber war, aber durften sie nicht glücklich sein, dass Kerstin überlebt hatte, es war ein paarmal wirklich knapp gewesen und es hätte auch anders ausgehen können. Wenn die Zombiefrau immun gegen Feuer gewesen wäre, wäre sie jetzt auch tot oder zumindest untot, und Kerstin war sich nicht sicher, ob das besser gewesen wäre. Langsam glomm ein Lebenswille in ihr auf und ihr Herz schien nicht mehr ein ganz so großes Loch zu haben. Kerstin fasste wieder Mut, alles würde wieder gut werden. Aber da tauchten die Bilder von den anderen fünf wieder vor ihr auf und sie fühlte sich niedergeschlagen und das Loch im Herzen schien größer als jemals zuvor. Kerstin nahm sich vor, für jeden ihrer Freunde in der Kirche eine Kerze anzuzünden, um sie in Frieden ruhen zu lassen, wo auch immer ihre Körper waren. Ob man sie jemals wieder finden würde? Kurt ja, aber die anderen? Und wie wäre das für die armen Eltern, keine Beerdigung zu haben, nicht richtig Abschied nehmen zu können? Kerstin wurde das Herz schwer.

Sie richtete sich wieder auf und ging weiter, Richtung Autobahn, irgendwann musste sie ja ankommen. Schritt

für Schritt näherte sie sich der Zivilisation und damit auch ein wenig ihrem alten Leben. Wie sollte sie das letzte Schuljahr beenden, ohne all ihre Freunde? Würde sie ausgegrenzt werden? Wie würden sich die Lehrer ihr gegenüber verhalten? Sie wischte die Gedanken weg, zuerst musste sie wieder nach Hause kommen, das war jetzt das Wichtigste. Sie straffte sich und schritt weiter aus. Ihr Arm begann wieder zu schmerzen, dort, wo sie die Klinge von Kurt abbekommen hatte. Ach, Kurt, wie konnte es nur so enden? Wir waren doch mal so verliebt. Das war erst ein paar Tage her. Es schien Kerstin bereits eine Ewigkeit, seit sie zu diesem Höllentrip aufgebrochen waren. Wenn sie doch nur die Zeit zurückdrehen, sie alle davon abhalten könnte, diese Reise anzutreten. Aber es war müßig, darüber nachzudenken, es änderte ja nichts mehr. Sie hatte in kürzester Zeit all ihre Freunde verloren und vielleicht auch ihren eigenen Verstand.

Wie konnte sie jetzt nur weitermachen? Was würde morgen geschehen? Wann würde sie endlich diese verdammte Autobahn erreichen? Sie beschloss, einfach immer weiter zu gehen, bis sie Autos sah und hoffentlich mitgenommen werden würde. Immerhin war sie jetzt einigermaßen vorzeigbar. Immer weiter, einfach weiter. Bis sie wieder daheim war, egal wann das sein würde, irgendwann würde sie es schaffen. Und so schritt sie immer weiter, der Autobahn entgegen.

Ende.

Dank an Frau Laura Zöller, Frau Anja Gsponer, Frau Esra Aridag und Frau Silvia Löblein für ihre Hilfe bei der Coverauswahl. Danke an Merlin (R.I.P.), Emily und Suzanna meine Katzen. Dank an meine Familie. Danke Esra für das tolle Cover, leider wird es nichts mit dem Kindle Storyteller Preisgeld. Danke an Laura Zöller und Esra Aridag meine Testleserinnen.